Dans les lignes de la mer

LE SECRET DE **SAINT JAMES**

scénario
TOM GRAFFIN

dessins & couleurs
NATHALIE FERLUT & THIERRY LEPRÉVOST

GRAND **ANGLE**

TU AS VU COMME LA MER EST LOIN ! C'EST L'IDÉAL !
ALLEZ, NINA... VIENS !

ÇA VA ÊTRE BIEN. REGARDE CE TEMPS !
NON !

ON VA À LA PLAGE, ET J'AI MÊME PAS LE DROIT DE ME BAIGNER.
C'EST DE LA TORTURE !
ON EN A DÉJÀ PARLÉ PLUSIEURS FOIS. JE T'AI EXPLIQUÉ. IL Y A DU COURANT.
PFFF...
C'EST N'IMPORTE QUOI ! C'EST DRAPEAU VERT ET MÊME LES PETITS SE BAIGNENT !
C'EST TROP DANGEREUX, C'EST COMME ÇA ! ALLEZ, TU VIENS, NINA !
ALLEZ ! DIS-LE !
QUOI ENCORE ?
TU AS PEUR !

TU AS PEUR QU'ELLE ME PRENNE.
COMME ELLE A PRIS PAPA...
JE... J'AI BESOIN DE M'ASSEOIR !
MAMAN ?
ÇA VA, MAMAN ?
ÇA VA, MA PUCE. ÇA VA...
PARDON.
C'EST PAS GRAVE, MON AMOUR.
VIENS, ON VA MARCHER.

HÉ !
PAS SI VITE, NINA !
ATTENDS-MOI.
ATTENDS-MOI,
C'EST DANGEREUX...
C'EST LÀ QU'ON SURVEILLAIT
LES MARINS, C'EST ÇA ?
IL Y A
LONGTEMPS,
OUI.
ALORS J'AI
UNE IDÉE !
DONNE-MOI
LA PHOTO DE
PAPA.

POURQUOI ?
MAMAN...
S'IL TE PLAÎT.
NON...
DONNE-LA-MOI.
...
ATTENDS-MOI LÀ.
FAIS UN VOEU.
MA CHÉRIE...
JE NE SAIS PAS.
SI, MAMAN, TU SAIS ! REGARDE LA MER ET FAIS UN VOEU.

JE SUIS SÛRE QUE ÇA VA MARCHER. IL FAUT Y CROIRE. LA MER A DES POUVOIRS...

UNE PETITE PARTIE ?
JE POURRAI ALLER ME BAIGNER APRÈS ?
JUSTE METTRE LES PIEDS DANS L'EAU ?
LE VENT SE LÈVE.
PEUT-ÊTRE DEMAIN, D'ACCORD ?
DEMAIN... TOUJOURS DEMAIN...

S'IL VOUS PLAÎT, VOUS POUVEZ GARDER UN ŒIL SUR MA FILLE ?
NINA ! TU RESTES PRÈS D'EUX, JE REVIENS !
RESTER ? SÛREMENT PAS !
CE BATEAU ?!
C'EST ÉLIO ?!
MAMAN ?!!

MAMAAAN !!!
ÉLIO !!!
AIDEZ MA MAMAN !
RESTE ICI, PETITE !

ÉLIO...
AIDE-MOI...

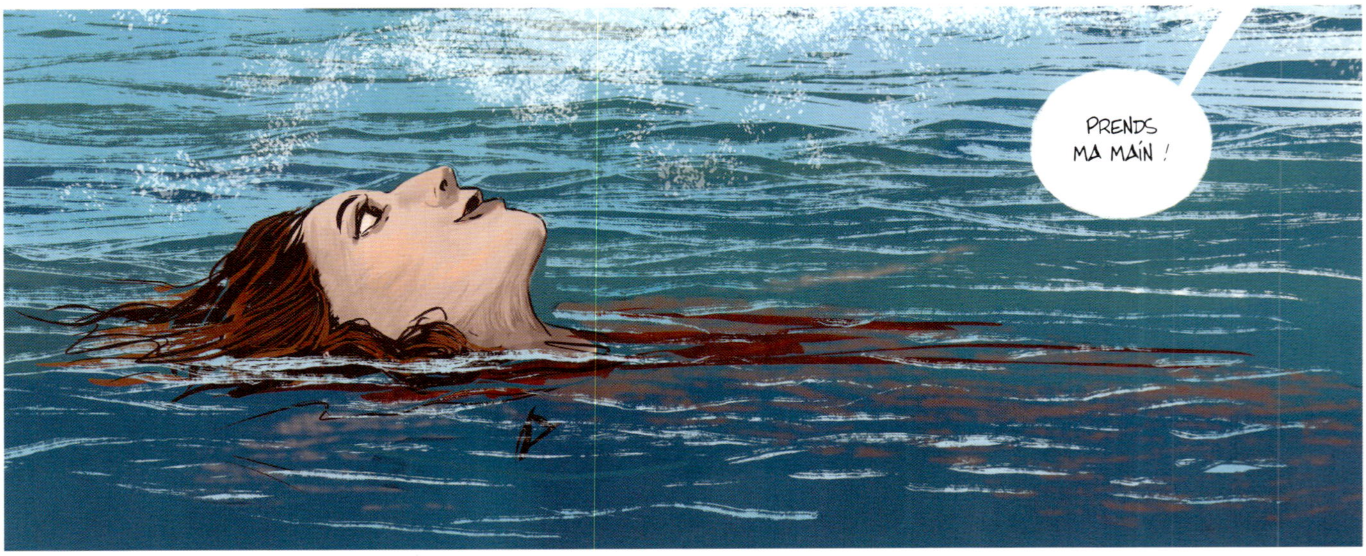
PRENDS MA MAIN !

PRENDS MA MAIN !

OÙ SUIS-JE...?
QUE S'EST-IL PASSÉ ?
TU ES EN SÉCURITÉ,
NE T'INQUIÈTE PAS !

UN BATEAU... ON EST EN MER ?
OUI.
JE T'AI REPÊCHÉE IL Y A QUELQUES HEURES...
TU AS BESOIN DE TE REPOSER. TU FINIRAS PAR REPRENDRE TES ESPRITS !
MAIS... SI J'AI NAGÉ ET QUE VOUS M'AVEZ REPÊCHÉE, POURQUOI SOMMES-NOUS AUSSI LOIN DE LA CÔTE ?
LE VENT S'EST LEVÉ. UNE TEMPÊTE COMME JAMAIS... ET SOUDAINE... J'AI DÛ M'ÉLOIGNER POUR NE PAS NOUS FRACASSER SUR LES ROCHERS...
UNE TEMPÊTE...? MAIS... LA MER EST SI CALME...

JE M'APPELLE LÉAN, ET TOI ?
JE M'APPELL... JE...?
QU'EST-CE QUI M'ARRIVE ? JE NE SAIS MÊME PLUS QUI JE SUIS...
JE ME REVOIS DANS L'EAU... JE NAGEAIS... JE...
ÇA TE REVIENDRA ! AIE CONFIANCE, TOUT EST DANS LE COEUR, TU SAIS !
LA MER EST CALME, LÀ, ON PEUT RENTRER.
TROP CALME, HÉLAS. LE VENT NOUS A ABANDONNÉS.
ET PUIS NOUS AVONS UN PROBLÈME...

OH ! MAIS NON !
COMMENT EST-CE QU'ON VA FAIRE ? IL FAUT LANCER UN APPEL RADIO.
JE N'AI PAS DE RADIO.
HEIN ?!
JE SUIS UN PEU VIEILLE ÉCOLE.
MAIS C'EST TOTALEMENT IRRESPONSABLE !
PAS DE PANIQUE ! SUR UN BATEAU, TOUT SE RÉPARE.
ET NOUS SOMMES BÉNIS DES DIEUX, LE COURANT NOUS FAIT DÉRIVER AU NORD, VERS L'ÎLE DES FOUS.
L'ÎLE DES FOUS ?
C'EST MOI QUI DEVIENS FOLLE...
FAIS-MOI CONFIANCE, ET FAIS CONFIANCE À LA MER.
EN ATTENDANT, JE DOIS ME METTRE AU TRAVAIL. IL FAUT PROFITER DE CE CALME POUR ÊTRE PRÊTS LORSQUE LE VENT REVIENDRA.

J'AI UNE ÉNIGME POUR TOI, JEUNE MOUSSE.
JE DÉTESTE LES ÉNIGMES...
À QUOI SERVENT NOS MAINS ?
À SE TOURNER LES POUCES !
QUEL CARACTÈRE DE CHIEN...
AU FAIT, IL N'A PAS DE NOM, VOTRE BATEAU ?
SI. COLETTE.
COLETTE ? UN PEU VIEILLOT, COMME NOM. COMME VOTRE BATEAU, REMARQUEZ...

ATTENTION DESSOUS ! JE LÂCHE LA VOILE !
HÉÉÉÉÉÉ !
NON MAIS ÇA VA PAS ?! ÇA VOUS AMUSE ? C'EST DÉGOÛTANT !
COLETTE, C'EST LE PRÉNOM DE MON ÉPOUSE.
OH...
ELLE N'EST PLUS DE CE MONDE, HÉLAS. MAIS ELLE EST AVEC MOI, SUR CE BATEAU.

PARDON. C'ÉTAIT RIDICULE.
C'EST OUBLIÉ. AIDE-MOI À TENDRE LA VOILE. ON A DU TRAVAIL.
JE SAIS À QUOI ELLES SERVENT.
QUOI ?
VOS MAINS...
ELLES SERVENT À FAIRE CE QU'AUCUNE MACHINE NE POURRA JAMAIS FAIRE !
BRAVO. JE CROYAIS QUE TU N'AIMAIS PAS LES ÉNIGMES.
JE DÉTESTE ÇA.
ALLEZ, HISSONS-LA ! CETTE RÉPARATION DE FORTUNE DEVRAIT FAIRE L'AFFAIRE.

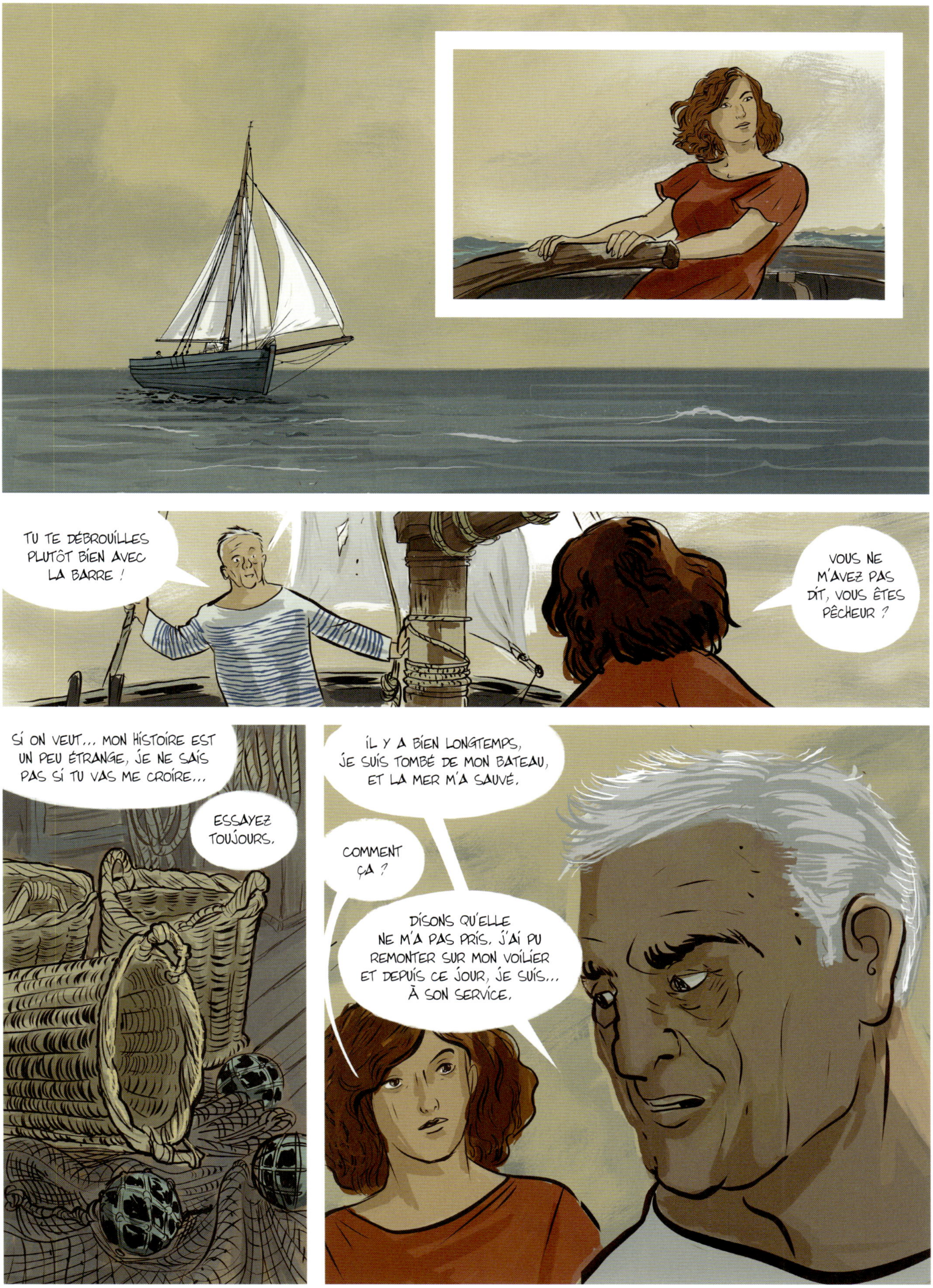
TU TE DÉBROUILLES PLUTÔT BIEN AVEC LA BARRE !
VOUS NE M'AVEZ PAS DIT, VOUS ÊTES PÊCHEUR ?
SI ON VEUT... MON HISTOIRE EST UN PEU ÉTRANGE, JE NE SAIS PAS SI TU VAS ME CROIRE...
ESSAYEZ TOUJOURS.
IL Y A BIEN LONGTEMPS, JE SUIS TOMBÉ DE MON BATEAU, ET LA MER M'A SAUVÉ.
COMMENT ÇA ?
DISONS QU'ELLE NE M'A PAS PRIS. J'AI PU REMONTER SUR MON VOILIER ET DEPUIS CE JOUR, JE SUIS... À SON SERVICE.

C'EST VRAI QUE C'EST PLUTÔT ÉTRANGE.
LA MER ME MÈNE LÀ OÙ LES VENTS NOUS PORTENT, ELLE M'OFFRE SES POISSONS... IL ARRIVE QUE JE PRENNE DES GENS DANS MES FILETS...
VOILÀ MA VIE, DEPUIS 89...
DEPUIS 89 ?! WAOUH ! 35 ANS SUR CE VIEUX RAFIOT ! HONNÊTEMENT, JE POURRAIS PAS...
D'ABORD, CE N'EST PAS UN VIEUX RAFIOT.
ET ENSUITE, ÇA NE FAIT PAS 35 ANS, MAIS 135 ANS, MA PETITE !
J'AI COMMENCÉ EN 1889 !
AH ! AH AH !
J'AVOUE ! VOUS M'AVEZ BIEN EUE ! AH AH AH !
JE L'AVAIS BIEN DIT...
JE SUIS SÉRIEUX, PETITE. JE N'AI JAMAIS SU MENTIR.
J'ERRE SUR CETTE MER DEPUIS 135 ANS.

IL EST FOU...
JE... JE VAIS ME RÉVEILLER...
ET LA SOLITUDE ME PÈSE, JE PEUX TE LE DIRE... JE DONNERAIS BEAUCOUP POUR POUVOIR À NOUVEAU VIVRE SUR L'ÎLE DES...
ALLEZ, VAS-Y...
SI TU SAUTES, TU TE RÉVEILLES.
MAIS... QU'EST-CE QUE TU FAIS ?!
PETITE ?
NOM D'UNE GORGONE !

BON ! C'EST LA DERNIÈRE FOIS, TU M'ENTENDS ?
SI TU TE SAUVES, JE NE PEUX PAS TE SAUVER, TU COMPRENDS ?
PITIÉ... C'EST UN CAUCHEMAR...
UN CAUCHEMAR ?
MAIS NON ! REGARDE !
J'ESPÈRE QU'ILS VONT ME RECONNAÎTRE.
QUI ÇA ?
LES FOUS DE BASSAN.
AAAH !

TU AS VU ! ILS ME RECONNAISSENT. ILS VONT NOUS DONNER UN COUP DE MAIN ! ENFIN, UN COUP D'AILE. AH AH !
REGARDE !
ILS RÉPARENT LES VOILES...
ET LE MÂT...
JE VAIS ME RÉVEILLER...
CE N'EST PAS UN RÊVE !
C'EST QUOI, ALORS ?
AUTRE CHOSE...

JE VAIS CUEILLIR QUELQUES BAIES BLEUES. ELLES SONT DÉLICIEUSES ET DONNENT UN SACRÉ COUP DE FOUET !
RESTE SUR LE BATEAU, JE REVIENS !
PLOUF !
VOUS N'ALLEZ PAS ME LAISSER TOUTE SEULE AVEC LES OISEAUX ?

ÇA ME REVIENT... LA PLAGE... NINA...
NINA ! OÙ EST NINA ?!
NINA!!!
?!

J'ÉTAIS À LA PLAGE... AVEC NINA... MA FILLE ! OÙ EST MA FILLE ?
MAIS ?!
NE T'INQUIÈTE PAS. TA FILLE EST SUR LA PLAGE, LÀ OÙ TU L'AS LAISSÉE.
QU'EST-CE QUE VOUS EN SAVEZ ? JE VEUX RENTRER. MAINTENANT.
LES RAYURES... ÇA RECOMMENCE...
LES RAYURES ?
NOM D'UNE GORGONE !
TU... TU PEUX LIRE LES RAYURES ?

TU PEUX LIRE LES RAYURES ? QU'EST-CE QUE TU AS VU ???
RIEN DU TOUT !
JE SUIS EN TRAIN DE DEVENIR FOLLE !
RAMENEZ-MOI À MA FILLE ! IL FAUT QUE JE RENTRE !

ET SI...
ET SI...?
ET SI JE TE DISAIS QUE TU PEUX LE REVOIR ?
TU VEUX REVOIR ÉLIO ?
COMMENT VOUS SAVEZ ?
QUAND JE T'AI REPÊCHÉE LA PREMIÈRE FOIS, TU CRIAIS SON NOM. ÉLIO... C'EST UN JOLI PRÉNOM... TU LE CROIS DISPARU À JAMAIS, N'EST-CE PAS ?
C'EST LA RÉALITÉ.
LA MER PREND DES MARINS, C'EST VRAI. MAIS UN MARIN PRIS PAR LA MER NE MEURT PAS... VEUX-TU LE REVOIR ?
CE N'EST PAS POSSIBLE...
ÉLIO...

C'EST MON IMAGINATION !
VOUS JOUEZ AVEC MA TÊTE !
CE N'EST PAS MOI... JE CROIS QUE LA MER TE PARLE.
ARRÊTEZ !
QU'EST-CE QU'IL TE FAUT DE PLUS ? DES FOUS DE BASSAN ONT RÉPARÉ NOTRE BATEAU, ET TU NE POURRAIS PAS REVOIR CELUI QUE TU AIMES ?
JE VEUX RENTRER. JE VEUX VOIR MA FILLE.
SI TU REVIENS MAINTENANT VERS NINA, TON CHAGRIN RESTERA LE MÊME. SI TU ACCEPTES DE ME SUIVRE, TU AURAS UNE CHANCE DE LE TRANSFORMER. TU SORTIRAS DE L'OMBRE DANS LAQUELLE TA VIE EST PLONGÉE. TU SERAS À NOUVEAU LUMINEUSE ET FORTE. ET NINA AUSSI.
OÙ EST-IL ?
SUR L'ÎLE DES MARINS.

L'ÎLE DES MARINS... C'EST LOIN D'ICI ?
TROIS JOURS DE MER, DEUX SI LES VENTS COOPÈRENT. C'EST UNE ÎLE MAGNIFIQUE, TU VERRAS, MAIS SON ACCÈS EST RÉGLEMENTÉ...
POUR ÊTRE HONNÊTE, DÉBARQUER LÀ-BAS EST TOUJOURS UN PEU RISQUÉ. LE CHEF DE L'ÎLE TIENT À SA TRANQUILLITÉ.
MAIS TU AS UN GRAND COEUR, SOLIDE ET GÉNÉREUX, ET JE FERAI TOUT POUR QU'IL NE T'ARRIVE RIEN.
JE VOUS SUIS.
TUTOIE-MOI, S'IL TE PLAÎT.

C'EST UNE TRÈS-LONGUE-VUE. SUR L'ÎLE DES MARINS, TU RENCONTRERAS LE SAGE QUI ME L'A DONNÉE.
REGARDE. ON PEUT Y VOIR TOUS LES MONDES.
L'ÎLE DES CORDAGES, ET JUSTE À CÔTÉ, LA PLUS PETITE ÎLE, L'ÎLE DES NŒUDS MARINS...
LA CONTRÉE DES PIRATES... ILS N'ATTAQUENT JAMAIS LES VRAIS MARINS.
LES EAUX HANTÉES OÙ NAGENT POULPES ET SERPENTS DE MER GÉANTS, SIRÈNES ET GORGONES...
LE CIMETIÈRE DES BATEAUX...
NON LOIN DU TRIANGLE DES LAMES SCÉLÉRATES !
LE CAUCHEMAR DE TOUS LES MARINS... PERSONNE NE VEUT SE RETROUVER LÀ-BAS, TU PEUX ME CROIRE...

LA MER A DE GRANDES HISTOIRES À RACONTER POUR QUI VEUT LES ÉCOUTER...
ET TU LES RACONTES BIEN, LÉAN LE MARIN...
ALLEZ, DORS EN PAIX, PETITE...
UNE AUTRE HISTOIRE T'ATTEND DEMAIN...
LA TIENNE.

CE SONT...
LES MARINS DISPARUS, OUI.
QUE FONT-ILS ?
UN MARIN DISPARU NE MEURT PAS. IL VIENT ICI, ET IL TISSE PARMI LES SIENS.
IL TISSE ?
TU VERRAS...
UN MOT AVANT DE DÉBARQUER : SURTOUT, RESTE PRÈS DE MOI... LES USAGES SONT PARTICULIERS SUR L'ÎLE...

QUOI QU'IL ARRIVE ICI, FAIS-MOI CONFIANCE.
NE PARLE PAS D'ÉLIO. JAMAIS, ENTENDU ?
MAIS...??
JAMAIS ! COMPRIS ?
QUE FAIS-TU LÀ, LÉAN ?
ET QUI EST-ELLE ?

BONJOUR MARIN ! ELLE S'APPELLE MANON, C'EST UNE VOYAGEUSE.
TU SAIS QUE SA PRÉSENCE VIENT À L'ENCONTRE DE TOUTES NOS RÈGLES. QUANT À LA TIENNE...
JUSTEMENT, JE CROIS QU'ELLE EST... PARTICULIÈRE.
PARTICULIÈRE ?...
JE NE VOIS RIEN DE PARTICULIER LÀ-DEDANS. REMONTE SUR TON BATEAU ET CONDUIS-LA SUR SA TERRE.
JE CROIS QU'ELLE A LE DON DE LECTURE.
TU OSERAIS DIRE ÇA PLUS FORT ? HISTOIRE QU'ILS T'ENTENDENT ?
JE CROIS QUE CETTE FEMME A LE DON DE LECTURE !
HA! HA! HA! HA! HA! HA! HA! HA! HA! AH! HA!
ET MOI JE CROIS QUE LA SOLITUDE TE PÈSE. VOYONS, LÉAN... TON ESPRIT S'EST-IL EMBRUMÉ ? AUCUNE FEMME N'A JAMAIS SU LIRE.
NON MAIS DITES DONC !

DONNE-MOI JUSQU'À DEMAIN. UN SEUL JOUR, C'EST TOUT CE QUE JE TE DEMANDE.
ET QUE J'ERRE À JAMAIS DANS LE TRIANGLE DES LAMES SCÉLÉRATES SI JE FAIS ERREUR !
OH... TU AS L'AIR SÛR DE TOI !
HMMM...
JE T'ACCORDE 24 HEURES. MAIS...
SOIS RAISONNABLE, LÉAN.
JE LE SERAI.

TATOUEUR !
APPROCHE !
AÏE !
PAR CETTE HIRONDELLE, L'ÎLE T'A MARQUÉE DE SON SCEAU...
N'OUBLIE PAS L'ÉTOFFE.

NE PERDONS PAS DE TEMPS, NOUS AVONS UNE LONGUE MARCHE JUSQU'AU PHARE.
SON GARDIEN N'EST PAS TRÈS DISPONIBLE CES TEMPS-CI, IL DORT BEAUCOUP, J'ESPÈRE QUE TA VOYAGEUSE AURA LE TEMPS DE FAIRE SES PREUVES.
AH AH AH ! À DEMAIN, MATELOT !
OÙ EST-CE QU'ON VA ?
TOUT LÀ-HAUT, ON VA VOIR JAMES.

ÇA FAIT TROIS HEURES QU'ON MARCHE... J'EN PEUX PLUS...
PLUS ON MONTE ET PLUS MA VUE SE BROUILLE...
ET NINA ME MANQUE...
JE SAIS. COURAGE ! ON EST BIENTÔT À LA MOITIÉ...
HÉ !
ET POURQUOI C'EST SI DRÔLE DE SAVOIR LIRE ? VOUS ÊTES TOUS ANALPHABÈTES, ICI ?
NOM D'UNE GORGONE !
ÉLIO ?... OÙ ES-TU, ÉLIO ?
CHHHHH... NE PRONONCE PAS SON NOM ! LES MOUTONS ONT DES OREILLES...
TIENS, PRENDS UNE DE CES BAIES DE L'ÎLE DES FOUS...
ET RESPIRE ! PRENDS TON TEMPS...
LÉAN ! TU DOIS AU MOINS M'EXPLIQUER POURQUOI ON MARCHE COMME ÇA ! MA FILLE A BESOIN DE MOI. JE NE...
OUI, OUI... JE T'EXPLIQUERAI, MAIS NOUS DEVONS REPARTIR, MAINTENANT.

NOUS PRENONS DE LA HAUTEUR. IL FAIT UN PEU PLUS FRAIS, TU SENS ? ICI, LA LAINE POUSSE PLUS VITE ET ON DOIT TONDRE LES MOUTONS TOUS LES QUINZE JOURS.
ET REGARDE ! ON PEUT ADMIRER LA GIGANTESQUE STRUCTURE QUI FAIT LE TOUR DE L'ÎLE. ALLEZ, LÈVE UN PEU LES YEUX ! AS-TU SEULEMENT IDÉE DE CE QUE C'EST ?
ON DIRAIT UNE GRANDE MACHINE À TISSER.
DANS LE MILLE, JEUNE MOUSSE ! NOUS L'APPELONS "LA GRANDE TISSEUSE". ET SAIS-TU QUEL ÂGE ELLE A ?
AUCUNE IDÉE.
EH BIEN, MOI NON PLUS. ELLE A ÉTÉ CONSTRUITE PAR LES PREMIERS MARINS DISPARUS. ELLE NE DATE DONC PAS D'HIER !
MOI, JE L'AI CONNUE EN 1889, QUAND J'AI CHAVIRÉ AU LARGE DU COTENTIN.
AH OUI... J'AVAIS OUBLIÉ...
LA GRANDE TISSEUSE FONCTIONNE GRÂCE À L'ÉNERGIE DE LA MER. TOUS SES MÉCANISMES SONT RELIÉS À LA HOULE.

ET QU'EST-CE QU'ELLE TISSE ?
L'ÉTOFFE QUI HABILLE LES MARINS. LA MER LEUR TISSE UNE SECONDE PEAU AVEC LA LAINE DE CES MOUTONS !
IL Y A UN TRUC QUI M'INTRIGUE.
QUOI DONC ?
SI TU NE ME RACONTES PAS D'HISTOIRES, TU ES ARRIVÉ SUR CETTE ÎLE EN 1889, ET PUIS TU ES REPARTI AUSSITÔT ? POURQUOI NE PAS ÊTRE RESTÉ SUR L'ÎLE, COMME TOUS CES MARINS ?
ÇA, C'EST UNE AUTRE HISTOIRE... JE TE RACONTERAI PLUS TARD. REVENONS À NOS MOUTONS, TU VEUX BIEN ?
LA MAILLE EST TRÈS SERRÉE, TU VOIS ? LE PULL NE CRAINT NI L'EAU NI LE TEMPS. REGARDE ! LE MIEN A PLUS DE 130 ANS, ET IL TIENT ! QUELQUES PETITS RACCOUTRAGES ICI ET LÀ, ON N'Y VOIT QUE DU FEU !
HEUUU... TU DÉTOURNES LA CONVERSATION... ENCORE...!
C'EST BEAU, TOUT ÇA, MAIS ÇA NE ME DIT TOUJOURS PAS POURQUOI ON PORTE CETTE ÉTOFFE À CE TYPE.
CE "TYPE" EST UN SAGE, ALORS UN PEU DE RESPECT !
OOOH... UN SAGE... RIEN QUE ÇA...

EXACTEMENT, ET LUI SEUL PEUT TE DONNER LA CLÉ DE TON VOYAGE. DONC SI MADAME VEUT AVOIR NE SERAIT-CE QU'UNE PETITE CHANCE DE SE SORTIR DE LÀ, JE LUI CONSEILLE DE FAIRE PROFIL BAS...
... ET DE FAIRE CE QUE JAMES LUI DEMANDERA DE FAIRE !
COMMENT ÇA, ME SORTIR DE LÀ ?!!
NOUS Y SOMMES. PLUS UN MOT.
ENCORE DES MARCHES...!
J'ESPÈRE QUE...
SLAM!
HÉ !!!

MAIS ?! OUVRE-MOI, ESPÈCE DE TRAÎTRE !
JE NE PEUX PAS MONTER AVEC TOI. TU MONTES AVEC L'ÉTOFFE, TU LUI DONNES ET TU FAIS CE QU'IL TE DIT.

MONSIEUR ?
MONSIEUR ? JE M'APPELLE JAMES. ET JE PARLE À... ?
MANON.
QUI T'ENVOIE ?
C'EST LÉAN. IL EST RESTÉ EN BAS.
LÉON ?
LÉAN.
J'AI CONNU UN LÉON... UN AMOUREUX DES GALETS...
qu on voit

LÉAN ! UN VIEUX MARIN QUI ERRE SUR LES MERS DEPUIS 1889. ÇA NE VOUS DIT RIEN ?
LÉAN ?! LÉAN LE BANNI ? MAIS C'EST IMPOSSIBLE !
C'EST DONC TOI...
MOI ?
LÉAN T'AURA CHERCHÉE PLUS D'UN SIÈCLE...
HEU... ALORS, COMMENT VOUS DIRE ? ÇA FAIT DES JOURS QUE JE NE CAPTE RIEN. DONC SI VOUS POUVIEZ AVOIR L'AMABILITÉ DE M'EXPLIQUER CE QUI SE PASSE, CE SERAIT SUPER.
JE N'AI RIEN À TE DIRE, JEUNE ÉTRANGÈRE.
QUE RACONTENT CES LIGNES ?
LES LIGNES DE L'ÉTOFFE ?
OUI, LES LIGNES BLEUES. QUE DISENT-ELLES ?
JE... CE SONT DES LIGNES... DES LIGNES BLEUES... D'UN CENTIMÈTRE DE LARGE, ENVIRON... À PEU PRÈS.. DES LIGNES BLEUES, MARIÉES AUX LIGNES BLANCHES, DES LIGNES QUI...
TU NE SAIS PAS LIRE ?!
MAIS LIRE QUOI, À LA FIN ?!
MAIS L'ÉTOFFE, NOM D'UNE BOBINE !

JE LIS DES LIVRES, MAIS LES RAYURES DES TRICOTS, J'AVOUE, JE N'AI JAMAIS APPRIS.
CETTE ÉTOFFE EST LE FRUIT DE L'UNION DE LA MER ET DES MARINS. LA MER, PAR SA FORCE INFINIE, ANIME LA GRANDE TISSEUSE ET DISSIMULE UN MESSAGE DANS LES RAYURES BLEUES. JE SUIS LE DESCENDANT DU CONSTRUCTEUR DE CETTE MERVEILLEUSE MACHINE ET, PAR LA GRÂCE DE LA MER, JE PEUX LIRE À TOUS LES MARINS DE CETTE ÎLE LE MESSAGE CACHÉ DANS L'ÉTOFFE. ILS PEUVENT AINSI ENTENDRE L'ÂME DE LA MER, SA POÉSIE, ET TÉMOIGNER DE L'INDÉFECTIBLE LIEN ENTRE SA MAJESTÉ MARINE ET NOUS.
JE PEUX M'EN ALLER ?

APPUIE SUR LE LEVIER.
POOOONNNNNNN
VOTRE ATTENTION S'IL VOUS PLAÎT, LA MER PARLE AUX MARINS !
VOICI LES DERNIERS MOTS DES LIGNES BLEUES.

Ô Marins, bleus marins, racines de la mer
Posez sur moi vos voiles et je vous porterai
Tissez le lien secret entre l'onde et les Hommes
Par vos vaisseaux reliés à l'étoffe marine
Au vent de mes embruns, je vous berce à jamais.
JAMES ?
...
JAMES ?...
TU PEUX T'EN ALLER À PRÉSENT, MANON. BONNE CHANCE.

LÉAN ?
ALORS ? TU LUI AS DONNÉ L'ÉTOFFE ?
JE LUI AI DONNÉ MAIS JE N'AI RIEN LU... JE NE SAIS PAS LE FAIRE...
JE NE COMPRENDS PAS... C'EST IMPOSSIBLE... J'AI VU TES YEUX SUR L'ÎLE DES FOUS... TU LISAIS... TU AS LE DON... TU L'AS ! QUE LES GORGONES ME PÉTRIFIENT SI JE M'ÉGARE !
TU DEVAIS ÊTRE INTIMIDÉE, OU DÉCONCENTRÉE...
ÇA Y EST, ÇA VA ÊTRE DE MA FAUTE MAINTENANT ! PARCE QUE MONSIEUR LÉAN EST IRRÉPROCHABLE, HEIN ? TU ME MÈNES EN BATEAU DEPUIS LE DÉBUT. TU CROIS QUE JE SUIS IDIOTE ? J'AI COMPRIS QUE JE NE LE REVERRAI PAS...
ÉLIO... MON AMOUR ! JE PEUX QUAND MÊME PRONONCER SON NOM SI JE VEUX ! TU CROIS POUVOIR ME L'INTERDIRE ?
ÉLIO ! ÉLIO ! ÉLIO ! HEIN ? C'EST QUOI TON PROCHAIN MENSONGE, LÉAN LE BANNI ?

J'AI ÉTÉ BANNI DE L'ÎLE DES MARINS, C'EST VRAI. JE N'EN SUIS PAS FIER.
NOS BATEAUX NE PEUVENT EN AUCUN CAS S'AVENTURER À PLUS DE 13 MILLES MARINS DE NOTRE CÔTE...
MAIS UN MATIN, COLETTE ME MANQUAIT TERRIBLEMENT. J'AI FRANCHI LA FRONTIÈRE INVISIBLE POUR VOGUER VERS LA CÔTE.
JE VOYAIS SA TERRE À L'HORIZON... ET PUIS LE VENT S'EST LEVÉ ET M'A RAMENÉ LÀ. VIVANTS ET DISPARUS NE PEUVENT SE RENCONTRER. C'EST COMME ÇA... C'EST INTERDIT.
POUR L'AVOIR OUBLIÉ, MARIN M'A CONDAMNÉ À L'ERRANCE ÉTERNELLE ENTRE LE MONDE DES VIVANTS ET LE MONDE DES DISPARUS.

PAR CHANCE, JAMES, NOTRE SAGE, A INSISTÉ POUR M'OFFRIR UN SURSIS. SI JE REVENAIS AVEC UNE ÂME AYANT LE DON DE LECTURE, JE SERAIS À NOUVEAU AUTORISÉ À VIVRE SUR L'ÎLE ET À TISSER PARMI LES MIENS. MARIN A ACCEPTÉ, PARCE QU'IL PENSE QUE JAMES EST ET SERA TOUJOURS LE SEUL À POUVOIR LIRE LES LIGNES DE LA MER. POUR LUI, JE N'AVAIS DONC AUCUNE CHANCE DE REVENIR...

"ET SI TU NOUS RAMÈNES UN MOUTON À CINQ PATTES, TU POURRAS AUSSI VIVRE PARMI NOUS. AH AH AH !"

... ET PUIS JE T'AI RENCONTRÉE...

J'AI VU TES YEUX CHANGER DE COULEUR DEVANT MA MARINIÈRE. TU AS VU LES LIGNES ONDULER. TU AS LE DON, MANON, CE N'EST PAS POSSIBLE AUTREMENT.
TU NE M'AS PAS MENÉE ICI POUR QUE JE REVOIE ÉLIO. TU M'AS AMENÉE SUR CETTE ÎLE POUR TENTER DE TE DÉLIVRER...
OUI MAIS GRÂCE À TON DON, NOUS AVONS UNE CHANCE DE...
JE N'AI RIEN À FAIRE ICI, J'AI MOI AUSSI ENFREINT LES RÈGLES... ET COMME JE NE SAIS PAS LIRE L'ÉTOFFE, ALORS... JE VAIS ERRER SUR LES MERS POUR TOUJOURS... AVEC TOI... ET...
MANON... JE SUIS DÉSOLÉ SI TU PENSES QUE JE T'AI MENTI. JE SUIS SÛR QU'IL NOUS RESTE UNE CHANCE. SI TU LIS, NOUS...
TAIS-TOI ! TAIS-TOI POUR TOUJOURS ESPÈCE DE...
MANON !

MON AMOUR !

MANON... MON DIEU, C'EST BIEN TOI ! QU'EST-CE QUE TU FAIS LÀ ? TU N'ES PAS...
NON. J'AI CRU TE VOIR... J'AI NAGÉ LOIN...
MON AMOUR ! TU N'AS PAS LE DROIT D'ÊTRE LÀ ! ET NINA ?
LÉAN M'A ASSURÉ QU'ELLE ALLAIT BIEN, ET QUE JE POURRAIS LA RETROUVER. MAIS JE NE SAIS PLUS SI JE DOIS LE CROIRE... JE SUIS COMPLÈTEMENT PERDUE...
LÉAN ?! LUI ?
LÉAN LE BANNI... IL M'A REPÊCHÉE.
SI VOUS L'AVEZ AMENÉE ICI, C'EST QU'ELLE...
IL SE TROMPE ! JE NE SAIS PAS LIRE !

MANON SAIT LIRE, J'EN SUIS CERTAIN. MAIS LE TEMPS JOUE CONTRE MOI. MARIN NE M'A DONNÉ QUE 24 HEURES, ET LE DON TARDE À SE RÉVÉLER.
AUX YEUX DES MARINS PRÉSENTS SUR CETTE ÎLE, TU ES UNE ÉTRANGÈRE, ET NOS RETROUVAILLES, SI ELLES ÉTAIENT DÉCOUVERTES, SERAIENT UNE GRAVE INFRACTION DE PLUS.
LA NUIT VA TOMBER. VOUS DEVEZ REPRENDRE LA MER SANS ATTENDRE.
TU AS FAIT CE QU'IL FALLAIT FAIRE, ET TU DOIS MAINTENANT ALLER RETROUVER NINA. TU EN AS LA FORCE, DÉSORMAIS.

QUE LA MER ET LES VENTS VOUS PORTENT !
JE T'AIME. DIS À NINA QUE JE L'AIME.
REDESCENDONS VITE. NOUS AVONS ENCORE LE TEMPS.

D'ABORD, COMME NOUS LE SAVIONS DÉJÀ, CETTE FEMME N'A PAS LE DON DE LECTURE.
MAIS CE N'EST PAS LE PLUS GRAVE...
NOTRE SENTINELLE L'A SURPRISE AVEC SON MARIN DISPARU.
POUR AVOIR COMMIS LE GRAND INTERDIT, TU N'ES PLUS UNE ÉTRANGÈRE... MAIS UNE DISPARUE. TU RESTERAS À JAMAIS SUR L'ÎLE AVEC LÉAN.
NON !... MA FILLE...

MARÍN... PAR PÍTIÉ...
ET TOÍ, MAÍNTENANT, TU AS EU L'ÍNSOLENCE DE REVENÍR SUR NOTRE ÎLE SANS RAÍSON VALABLE, JE TE CONDAMNE À L'ERRANCE ÉTERNELLE DANS LE TRÍANGLE DES LAMES SCÉLÉRATES !

TITOUAN...
COMMENT CONNAIS-TU MON...?
MARIN DE GRAND COURAGE, CAPITAINE DU VOILIER COTENTIN, TU AS SOMBRÉ EN MOI AU LARGE DES AÇORES LE 2 JUILLET 1817, UN SOIR DE GRAND ORAGE.
moi au large
J'AI RECUEILLI TON ÂME ET TRANSFORMÉ L'INFINI CHAGRIN DE TES PROCHES EN FLAMME AVENTUREUSE. TA DESCENDANCE VOGUE AUJOURD'HUI SUR UNE ONDE À JAMAIS CLÉMENTE.

Ô MARIN, BLEU MARIN, ÉCOUTE L'OUTRE-VOIX, MANON, FEMME D'ÉLIO, A PERDU SON SOLEIL...

GOUTTE D'EAU DANS LA MER, ELLE EST VENUE LE VOIR MALGRÉ LES CENT PÉRILS, FORTE D'UNE ÂME PURE... UN SEUL INSTANT, VOYEZ ! VOYEZ EN SON REGARD COMME ELLE A VU EN MOI, COMME ELLE A LU EN MOI...
MANON !

MANON !
É... ÉLIO ?
J'AVAIS RAISON ! MANON SAIT LIRE LES ONDULATIONS MARINES. UN LIEN SACRÉ L'UNIT À LA MER ET AUX MARINS !
C'EST... INATTENDU, JE DOIS LE RECONNAÎTRE.
AU NOM DE TOUS LES MARINS, J'ANNULE TA SENTENCE. MANON ET TOI RESTEREZ TOUS LES DEUX SUR L'ÎLE. MANON ASSISTERA JAMES DANS SA MISSION.
NON !
NINA...!
NINA A BESOIN DE MOI...

LAISSEZ-MOI PARTIR !...
JE NE VEUX PAS RESTER ICI ! JE DOIS RESTER AUPRÈS DE MA FILLE !
MARIN ! LE DON DE LECTURE EST UN PRIVILÈGE QUE LA MER OFFRE AUX ÂMES PURES, ET MANON L'A PARTAGÉ AVEC NOUS.
ELLE MÉRITE D'ÊTRE LIBRE, COMME J'AI GAGNÉ LE DROIT DE ME RETROUVER PARMI VOUS, APRÈS TOUTES CES ANNÉES DE SOLITUDE.
TU OSES DISCUTER MON VERDICT ? JE PEUX ENCORE CHANGER D'AVIS.
N'ABUSE PAS DE TON POUVOIR, MARIN.
JE PEUX AUSSI ME METTRE EN COLÈRE...

ALLONS, ALLONS, CALMONS-NOUS, MES AÏEUX...
DE MÉMOIRE DE MARIN, JE N'AVAIS JAMAIS VU ÇA SUR L'ÎLE. ON PEUT DIRE QUE LA PETITE A ENVOYÉ DU PÂTÉ !
MARIN, JE COMPRENDS TA VOLONTÉ DE LA GARDER SUR NOTRE ÎLE. TU ES UN HOMME DE PAROLE.
CEPENDANT JE CROIS QUE LA PLACE DE MANON N'EST PAS SUR NOTRE ÎLE, MAIS AUPRÈS DE SA FILLE. ELLE REVIENDRA UN JOUR POUR ME SUCCÉDER, C'EST CERTAIN.
LE PLUS TARD POSSIBLE, N'EST-CE PAS ? JE SAIS QUE C'EST À LA MODE DE SE DÉBARRASSER DES SENIORS, MAIS JE ME VOIS BIEN EN HAUT DE CE PHARE ENCORE 100 ANS ! MÊME 200 ANS, À VOS CÔTÉS ! VOUS QUI TISSEZ DEPUIS SI LONGTEMPS CETTE MAGNIFIQUE ÉTOFFE, AVEC LA FORCE DE NOTRE MER...
NOUS AVONS BESOIN DE MESSAGÈRES COMME MANON POUR TRANSMETTRE LE SECRET CACHÉ DANS NOS LIGNES ! MANON ET MOI, NOUS NOUS COMPLÉTONS, NOS DEUX MONDES SE COMPLÈTENT. AYONS LA SAGESSE DE RECONNAÎTRE EN LA MER LE TRAIT D'UNION ENTRE NOS DEUX ÎLES, LOINTAINES ET INSÉPARABLES, DU PASSÉ ET DU PRÉSENT.

SI C'EST TON SOUHAIT, QU'IL EN SOIT AINSI.
TATOUEUR !
AVEC CETTE HIRONDELLE, L'ÎLE T'A ADOPTÉE. TU REVIENDRAS...
TU REVIENDRAS...
SI TU M'ATTENDS...
JE T'ATTENDRAI AUTANT D'ANNÉES QU'IL LE FAUDRA. JE SERAI TOUJOURS LÀ ! MAIS D'ICI TON RETOUR...
... PROMETS-MOI DE VIVRE, D'AIMER, DE RIRE, D'ÊTRE HEUREUSE...
VIENS, MANON. IL EST TEMPS.

TU N'ES PAS TOUJOURS FACILE, MAIS JE T'AIME BIEN. TU ES UNE DURE À CUIRE ! C'EST UNE CHANCE POUR TOI ET NINA.
MERCI, LÉAN. MOI AUSSI, JE T'AIME BIEN.

NOS CHEMINS VONT SE SÉPARER, MANON.
COMMENT VAIS-JE RENTRER ?
JE PENSE QUE TU LE SAIS DÉJÀ...

LA MER VA ME RAMENER CHEZ MOI...?
MAINTENANT QUE TU SAIS OÙ TU VAS... OUI.

QUE VOIS-TU EN FERMANT LES YEUX ?
NINA, MA FILLE QUI M'ATTEND.

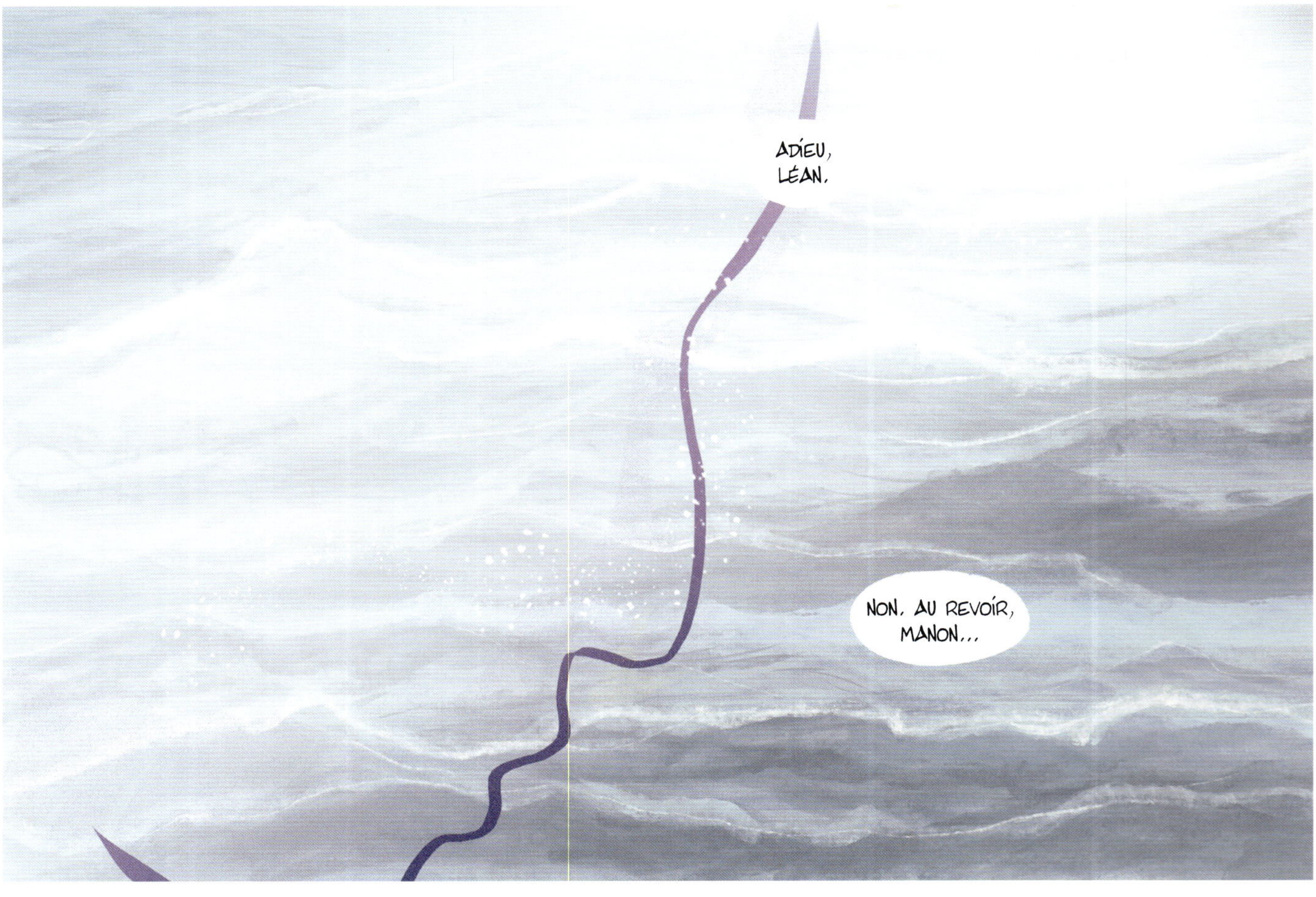
ADIEU, LÉAN.
NON, AU REVOIR, MANON...

NINA...
NINA...
MAMAN ?
ELLE REVIENT À ELLE !

NINA !
MADAME, C'EST LES POMPIERS... VOUS M'ENTENDEZ ?

MAMAN ! J'AI EU SI PEUR !
PARDON, MA CHÉRIE ! JE... JE NE SAIS PAS CE QUI M'A PRIS...
J'AI CRU ME NOYER...
TE NOYER ?... TU ÉTAIS À PEINE DANS L'EAU QUAND TU T'ES EFFONDRÉE !
LE POMPIER DIT QUE TU T'ES ÉVANOUIE.
MAIS...
POURTANT, J'AURAIS JURÉ AVOIR NAGÉ ET PUIS...
JE VOUS AIDE À VOUS RELEVER ?
NAGEUR-SAUVETEUR
MANCHE
SAPEURS POMPIERS
J'AI L'IMPRESSION D'ÊTRE PARTIE AU BOUT DU MONDE...
AH ! AH ! L'IMPORTANT, C'EST QUE VOUS SOYEZ REVENUE PARMI NOUS !
JE VOUS RACCOMPAGNE... J'AI FINI MA GARDE.

DEUX SEMAINES PLUS TARD.
C'EST VRAI CE QUE LE POMPIER A DIT ? TON CŒUR S'EST VRAIMENT ARRÊTÉ DE BATTRE QUELQUES SECONDES ?

OUI, MAIS IL BATTAIT, NINA. AUTREMENT, MAIS IL BATTAIT.
POUR TOI.

ET MAINTENANT, TU AS CES CICATRICES. ON DIRAIT DES HIRONDELLES...
OUI. C'EST POUR QUE JE ME SOUVIENNE.
LA LÉGENDE RACONTE QUE LES HIRONDELLES REPÊCHENT LES ÂMES DES MARINS DISPARUS ET LES EMMÈNENT SUR UNE ÎLE SECRÈTE...
ALORS C'EST UN MESSAGE DE PAPA, C'EST SÛR !
OUI, IL PENSE À NOUS COMME NOUS PENSONS À LUI. AINSI NOTRE VIE CONTINUE...
TU AS RAISON, MAMAN, CEUX QU'ON AIME S'EN VONT, MAIS L'AMOUR RESTE...

JE ME DISAIS, NINA... SI TU VEUX FAIRE DE LA VOILE, JE POURRAIS T'INSCRIRE AU CLUB ET...
SÉRIEUSEMENT, MAMAN ? POUR DE VRAI ?!!
MAIS OUI !
YES !
MERCI, MAMAN !

CINQ ANS PLUS TARD.

TU VOIS NINA D'ICI ?
OUI, LÀ-BAS, LA VOILE ROUGE !
SON PÈRE SERAIT TELLEMENT FIER D'ELLE !
HÉ, NINA ! ON VA VOUS DÉPASSER !
MÊME PAS EN RÊVE !

OUÍ !!!
BRAVO, NÍNA !!!
ELLE A GAGNÉ !
JE TE L'AVAIS DÍT : TA FILLE EST UNE BATTANTE, COMME TOÍ !

LE SECRET DE
LA MARINIÈRE

104 FLEURS DE COTON
4,4 KILOMÈTRES DE FIL
5 JOURS DE CONFECTION
11 ÉTAPES DE PRODUCTION

Vous l'avez compris,
ce conte marin au large des côtes normandes
est inspiré par **la mythique marinière**

SAINT JAMES
NÉ DE LA MER

LA MARINIÈRE
HISTOIRE D'UNE LÉGENDE…

Elle a traversé le temps et les époques, résisté aux tendances et aux modes et est devenue la référence absolue. Son histoire est née il y a plus d'un siècle et demi.

En 1858, une ordonnance militaire en fixe les contours et les caractéristiques. C'est l'uniforme officiel choisi pour habiller les « gars de la Marine ».

Pourquoi avoir conçu ce type de vêtement si singulier, reconnaissable entre tous à ses traditionnelles rayures (au nombre de 21 pour les blanches, larges de 20 mm, et de 20 à 21 pour les bleues, larges de 10 mm) ? On raconte que les rayures ont été choisies pour repérer plus facilement un homme tombé à la mer. On dit aussi que le nombre de rayures fut déterminé en référence aux 21 victoires napoléoniennes sur les champs de bataille…

Pour les couleurs, la teinture indigo représentant un coût élevé, l'alternance de blanc et de bleu aurait finalement été retenue par souci d'économie. Autre hypothèse avancée : le bleu aurait été introduit dans les rayures parce que moins salissant que le blanc !
Habit des marins, mais pas seulement. Le XXe siècle marque un vrai tournant dans l'histoire de la marinière. La mode est alors à la démocratisation du motif marin. Le vêtement va ainsi peu à peu devenir celui des marins pêcheurs et des plaisanciers, qui l'adoptent pour

leur travail ou leurs loisirs. C'est facile et pratique à porter, solide, durable et nature.

Le succès va croissant : la marinière devient un incontournable de la mode, prisé des intellectuels, des artistes et des grands couturiers. Elle se retrouve en haut de l'affiche, en tête des défilés de mode, sous l'œil des photographes et sur le papier glacé des magazines, fait des émules auprès de toutes les générations dans un panel infini de styles : chic, sport, sophistiqué, casual, rétro-classique, voire rock and roll. Traits mode, traits de génie, traits chics !

L'imagination est au pouvoir, la marinière en est l'illustration parfaite. Tout est permis à condition de respecter l'horizontalité de la très stylée rayure devenue valeur sûre. La marinière se porte à loisir sur un jean ou un bermuda, en style sportswear ou en version chic, tendance yachting pour une allure marine et décontractée, associée à un blazer pour un style « casual chic » indémodable.

UNE BELLE HISTOIRE
DEPUIS 135 ANS…

C'est une belle et grande histoire de 135 ans. La ville de Saint-James, riche de sa tradition millénaire en baie du Mont-Saint-Michel, en Normandie, a donné son nom à la marque en 1889.

À l'époque, la laine des moutons de la baie était tissée et teinte sur place, revendue en écheveaux et en pelotes à des merceries ou transformée en sous-vêtements et en chaussettes proposés dans des magasins de bonneterie.

Le premier vêtement **Saint James** voit le jour en 1889. C'est une chemise de laine de pays pour les marins. Elle les protège si bien du froid et de l'humidité qu'ils la considèrent alors comme leur seconde peau. Un vêtement iconique est né. **Saint James** est l'une des plus anciennes entreprises normandes. Son histoire, c'est sa vie. Patrimoine vivant, témoin et acteur d'une tradition hors d'âge.

DANS LES LIGNES DE LA MER
vous conte tout cela et davantage.

La mer parle aux hommes.

Elle leur parle en glissant des messages codés dans les rayures de leur marinière…

Un peu comme si l'Éternel s'adressait à nous pour nous dire que rien ne meurt…

Un grand merci
À Luc Lesénécal, pour son audace et sa confiance,
À Nathalie et Thierry, pour avoir donné vie à ce conte,
À toute l'équipe Bamboo, pour son engagement et sa présence sans faille.

Tom

Merci Aude et Aliénor pour votre reportage à la plage.

Nathalie

SAINT JAMES
NÉ DE LA MER

Retrouvez toutes les infos des univers
de Grand Angle sur **angle.fr**
et sur les réseaux sociaux

PREMIÈRE ÉDITION - Dépôt légal : juillet 2024 - ISBN : 979-1-0411-0292-1

Certifié PEFC
Ce produit est issu de forêts gérées durablement et de sources contrôlées
PEFC
PEFC/07-31-234
www.pefc.org

Imprimé en Belgique
Printed in Belgium by Delabie S.A. – Lesaffre S.A. (Mouscron),
Z.I. La Martinoire Bd de l'Eurozone 9 7700 Mouscron

La fabrication de cet album répond au processus
de développement durable engagé par Bamboo Édition.